Cet ouvrage a initialement paru en langue anglaise,
chez HarperCollins Children's Books, en 2008,
sous le titre : *Shamal's Secret.*

Traduit de l'anglais par Florence Mortimer.

Conception graphique du roman : Marie Drion.

Hachette Livre, 43, quai de Grenelle, 75015 Paris

Bella Sara™

Le nouvel ami d'Ambre

hachette
JEUNESSE

LE MONDE DE BELLA SARA

Au-delà de l'aurore boréale se trouve le royaume du Nord de Septentrion. C'est là que vivent les chevaux magiques, des créatures éternelles et mystérieuses. Sara et sa jument, Bella, veillent sur les habitants du royaume.

SARA

Sara
est la déesse du Nord de Septentrion. Elle connaît tous les chevaux du royaume. Un lien très fort l'unit à Bella. Toutes deux communiquent par la pensée, et la jument ressent les émotions de la jeune fille.

Bella
est une jument magnifique
qui vit entourée de milliers
de chevaux magiques :
ceux qui vivent dans les airs,
les chevaux marins à la recherche
de trésors et, bien sûr,
les chevaux terrestres
qui sont les plus doux.

SHAMAL

1. Le grand départ

Je ne suis pas nerveuse, tente de se convaincre Ambre en scrutant le désert de sa fenêtre. Aujourd'hui, si tout se passe bien, elle va quitter ses parents pour commencer son Année de Grâce. *C'est le jour le plus important de ma vie,* pense-t-elle entre la peur et la joie.

Ambre s'y prépare depuis des mois. Si les Désirée la choisissent, elle les suivra à Cavernest. Elle travaillera pour elles pendant un an et, puis, si elle leur plaît, elles lui offriront de rejoindre leurs rangs.

Dans les Sables d'Automne, la région où vit Ambre, tout le monde aime et respecte cette mystérieuse société de femmes. Grâce au lien très spécial qui les unit au désert et aux lupins des dunes, ces loups magnifiques, les Désirée protègent les Sables d'Automne.

Ambre connaît les Désirée : elles sont déjà passées dans son village. La jeune fille n'arrive pas à imaginer ce qui l'attend réellement : elle sait juste que, si on lui permet de rester jusqu'au bout de son année d'apprentissage, elle pourra élever un louveteau des dunes et devenir une Désirée à son tour.

Ambre en rêve depuis toujours, même si elle sait que son Année de

Grâce ne sera pas facile : les jours seront longs et le travail très dur. Une petite partie d'elle s'inquiète : qu'est-ce qu'on va lui demander exactement ? Quels défis va-t-elle devoir relever durant cette année à venir ?

Ambre sent une main se poser sur son épaule : c'est sa mère, Kyran.

— Elles sont arrivées ? questionne-t-elle avec un sourire, mais des larmes au coin des yeux. Tu les vois ?

Ambre secoue la tête.

— Pas encore, Maman.

Kyran caresse les cheveux de sa fille en fixant un point à l'horizon.

— Cette année va te changer pour toujours, Ambre, déclare-t-elle avec mélancolie.

La jeune fille saute soudain sur ses pieds, éloignant la main de sa mère.

— Maman, s'exclame-t-elle tout excitée. Je les vois ! Elles sont là ! Enfin !

Douze superbes femmes en robes en soie rouge viennent d'entrer dans la ville. Chacune d'elles est accompagnée de son lupin des dunes. Cette race de loups est impressionnante de grâce et de puissance.

— Vite ! la presse Kyran. Allons les accueillir !

Lorsqu'elles arrivent sur la grand'place, trois autres jeunes filles sont déjà là. Ambre éprouve un léger sentiment de panique. Elle sait qu'elle doit les rejoindre, mais, soudain, elle ne veut pas quitter sa mère. Quand la reverra-t-elle ?

— Va, l'encourage Kyran avec douceur en sentant à quel point elle est partagée.

Ambre, les larmes aux yeux, se tourne vers elle et lui attrape le bras.

— Maman !

Mais sa mère se contente de lui caresser la joue dans un geste rassurant.

— N'aie pas peur, Ambre, dit-elle gentiment. Tu es prête et tu seras toujours dans mon cœur.

Ambre refoule ses pleurs et se redresse. Sa mère rejoint alors la foule et Ambre prend place à côté de Myri, l'une de ses voisines, qui lui sourit. Elle répond par un hochement de tête et se tourne vers les Désirée.

De près, elles sont encore plus impressionnantes : elles respirent une sagesse ancestrale. Et la fourrure des lupins est si soyeuse, si brillante qu'elle se pare de reflets d'or et d'argent.

La Désirée qui porte une robe couleur coucher du soleil et un maquillage appuyé se tourne vers Ambre.

— T'appelles-tu Ambre Murin ?

— Oui, c'est moi, répond Ambre d'un ton timide.

La femme se tourne vers la foule.

— Je suis Yris, la dirigeante des Désirée. Qui est la femme qui s'apprête à nous confier sa fille pour son Année de Grâce ? Pour que nous lui enseignions la vérité du désert, le tempérament des lupins des dunes, la nature démoniaque des équidés et les mystères de l'univers ?

Rayonnante de fierté, Kyran s'avance et déclare :

— Moi.

— Ambre Murin, proclame Yris d'une voix grave. À partir d'aujourd'hui et pour l'année qui vient, tu es au service des Désirée.

Ambre déglutit : *Ça y est ! C'est vraiment en train d'arriver !*

Les Désirée sélectionnent deux autres filles, Myri et Ruby. Mais ce n'est que la première étape d'un long périple dans les Sables d'Automne. Ce voyage dans le désert va laisser beaucoup de temps à Ambre et à ses nouvelles camarades pour réfléchir à ce qui les attend. Cavernest, la ville des Désirée, est censée être l'endroit le plus magnifique des Sables d'Automne ! Ambre est à la fois nerveuse et impatiente d'y être.

Chaque fois qu'elles traversent d'autres villages, de nouvelles jeunes recrues se joignent à elles. Elles doivent être une cinquantaine, maintenant, et Ambre a l'impression de faire partie d'une armée.

Voyager sur le sable bleu d'été est très fatigant, parce qu'il fait particulièrement chaud. Dans les Sables d'Automne, la couleur du désert change avec les saisons : rouge en automne, blanc en hiver, vert au printemps et bleu en été.

Le troisième jour, alors qu'elles avancent sous un soleil de plomb, Myri pousse un cri.

— Regarde ! s'exclame-t-elle en pointant son index sur la gauche.

Ambre plisse les yeux et finit par apercevoir un nuage de poussière qui se déplace vers elles. Il se rapproche et la jeune fille distingue soudain des robes rouges. Ce sont des Désirée ! Elle discerne maintenant leurs armures en cuir. Et au milieu d'elles…

Ambre n'en croit pas ses yeux. *Est-ce que ce serait… ?*

Elle se met à trembler : les guerrières ont capturé une bête immense. Beaucoup plus grande qu'un lupin des dunes ! La bête se cabre, s'ébroue et roule des yeux fous. Malgré les grosses cordes qui l'entravent, les Désirée semblent avoir du mal à la contrôler.

Quelques guerrières rejoignent Yris qui a ordonné à la caravane de rester en arrière. Heureusement, car même si elle le voulait, Ambre sait qu'elle ne pourrait pas faire un pas de plus : la peur la pétrifie !

Tandis que les Désirée discutent, les apprenties chuchotent.

— Qu'est-ce qu'elles racontent ? demande Ruby à une fille d'un autre village.

— Elles disent qu'elles viennent avec nous à Cavernest !

Avec nous ! pense Ambre, stupéfaite. Un frisson la glace jusqu'aux os.

— La bête aussi ? questionne Myri, terrifiée.

Toutes les jeunes apprenties paraissent effrayées.

— La bête a un nom, répond la fille, moqueuse. C'est un cheval !

Un cheval. Le cœur d'Ambre s'emballe.

Son pire cauchemar est en train de se réaliser !

2. La rencontre avec Shamal

La veille de son départ, Ambre et sa mère, étendues l'une à côté de l'autre, avaient regardé un long moment les étoiles par la petite fenêtre du toit de leur maison. Elles étaient toutes les deux trop nerveuses pour dormir.

Finalement, la mère d'Ambre avait pris la parole.

— Tu dois être courageuse cette année. Les Désirée sont très importantes pour les gens des Sables d'Automne. C'est un honneur de passer un an avec elles.

— Je sais, avait répliqué Ambre.

La jeune fille avait entendu ce discours depuis toujours ; tous les adultes respectaient la sagesse et la puissance des Désirée, et leur étaient reconnaissants de leur protection.

— Leur capacité à communiquer avec les lupins des dunes est essentielle pour notre survie, avait poursuivi sa mère. C'est leur lien avec ces animaux qui nous protège. Sans eux, nous aurions vécu depuis des siècles sous la tyrannie des chevaux.

Les chevaux. Ces créatures violentes et sanguinaires ! Ambre n'en avait jamais vu en vrai, mais elle savait qu'ils étaient

beaucoup plus gros que les lupins des dunes. Elle les imaginait énormes, avec des dents pointues, des yeux fous et une odeur infecte.

— Il y a très longtemps, les lupins des dunes ont gagné la guerre contre eux, lui avait rappelé sa mère. Depuis, les Désirée s'occupent d'eux et eux nous protègent des chevaux.

Ambre n'avait pas répondu. Elle s'était demandé si elle allait rencontrer un cheval pendant son année d'apprentissage. Rien que d'y penser, elle avait eu la chair de poule.

— Maman, pourquoi les chevaux sont-ils méchants ?

— C'est dans leur nature, avait soupiré sa mère. Ils lèvent des tempêtes et apportent la faim et la soif. D'après la légende, quand le cheval Thunder galope dans le ciel, il crée des orages pleins d'éclairs qui incendient nos maisons. Méfie-toi d'eux, Ambre, méfie-toi de leur charme équin. Ce sont des monstres, et si tu les regardes dans les yeux, ils peuvent t'ensorceler, te convaincre qu'ils sont bons et sincères. Et une fois qu'ils ont gagné ta confiance, ils te détruisent !

Effrayée, Ambre s'était pelotonnée sous ses couvertures. *J'espère que je ne croiserai pas de cheval pendant mon Année de Grâce !*

La nuit est tombée et les Désirée ont établi leur campement. Ambre est assise près du feu avec plusieurs autres jeunes filles. En mangeant son pain et son morceau de viande, elle repense à cette conversation avec sa mère, la nuit avant son départ. À quelques mètres d'elle, le cheval est attaché à un pieu par des dizaines de cordes toutes plus solides les unes que les autres. Finalement, la curiosité l'emporte sur la peur : elle jette un coup d'œil sur l'horrible bête.

Ambre ne peut pas s'empêcher de l'observer. Le cheval est gigantesque et terrifiant – à la fois identique et totalement différent de ce qu'elle imaginait. Son grand corps musclé respire la puissance. Il a un cou épais et une tête allongée, des yeux foncés et brillants d'intelligence et des narines frémissantes. L'étonnant « hiiiiiii » qui sort régulièrement de sa bouche révèle une rangée de dents bien blanches. Sur le sommet de son crâne, il a deux petites oreilles et, sur le dessus de sa nuque, une sorte de rideau de crins qui ondule chaque fois qu'il secoue la tête. Alors qu'il est prisonnier, il garde une attitude provocante et rebelle.

Le cheval est si grand qu'il est impossible de ne pas en avoir peur. *Pourtant...* Ambre se mord la lèvre, refusant d'aller jusqu'au bout de sa pensée... *Pourtant, c'est vrai : il est magnifique !* Ambre frémit. *Un animal aussi beau ne peut pas être complètement mauvais ! Voilà probablement pourquoi il est si dangereux.*

Voir cette créature ligotée ainsi lui fait mal au cœur, et, un court instant, elle éprouve de la compassion pour lui. Mais elle se ressaisit et tremble en l'imaginant piétiner leur campement.

C'est dans sa nature de détruire, se souvient-elle.

À la fin du repas, Ruby surprend Ambre qui observe la bête.

— Ne te laisse pas duper par son apparence, la met-elle en garde comme si elle lisait dans ses pensées. Les chevaux sont réellement démoniaques. Tu connais l'histoire du cheval qui a brûlé Ilnut ?

Ambre secoue la tête.

— Il y a très longtemps, les habitants du petit village d'Ilnut vivaient une vie tranquille, mais prospère grâce au commerce et à la fabrication du papier. Un jour, l'un des habitants est tombé nez à nez avec un cheval dans l'oasis. Leurs regards se sont croisés et, soudain, l'homme a eu une vision horrible : le village d'Ilnut en proie aux flammes !

Les filles poussent un petit cri d'horreur.

— C'était une image mentale, murmure Myri. Et comme tu le sais peut-être déjà, les chevaux ont le pouvoir d'envoyer des images dans l'esprit des gens.

— L'homme était terrifié, mais quand la vision s'est évaporée, le cheval aussi a disparu. L'homme s'est alors dit qu'il avait peut-être rêvé.

— Mais ce n'était pas le cas, n'est-ce pas ? chuchote Uli.

Ruby secoue la tête.

— Non, répond-elle. Et, sur le chemin du retour, il a entendu un bruit irréel, comme un grondement de tonnerre ! Padam ! Padam ! Il a levé la tête vers l'entrée du village et a aperçu le cheval qu'il avait rencontré dans l'oasis, accompagné cette fois de cinq ou six autres chevaux !

Ambre en a le souffle coupé.

— Le cheval a ouvert la bouche et a soufflé du feu sur le village d'Ilnut !

Myri frissonne.

— Oh non...

— Oh si ! Et comme l'air du désert est sec et qu'il y a du vent – et que le village était plein de papier – Ilnut a flambé en quelques secondes. Comme dans sa vision !

Ruby se tait un moment avant de conclure avec un sourire mauvais :

— Mais, ne vous inquiétez pas, les Désirée et les lupins des dunes se sont chargés de punir les chevaux !

3. Des apparences trompeuses

Après ce récit effrayant, Ruby se lève et se dirige vers le cheval. Toutes les filles la suivent, mais aucune d'entre elles n'est assez courageuse pour s'approcher à moins de trois ou quatre mètres.

Ruby se tourne alors vers Ambre, Myri et Uli, et leur lance :

— Pas cap d'aller plus près !

Ambre secoue la tête.

— Quoi ? Qu'est-ce qu'il y a ? Tu as peur ?

Ruby avance d'un pas et sursaute quand le cheval s'ébroue !

— Hahaha ! rit Myri. Tu n'es pas si courageuse, Ruby !

Ruby fronce les sourcils, puis, furieuse, se tourne vers le cheval qui piétine le sol.

— Idiot !

Elle se penche, ramasse un petit caillou pointu et le lance de toutes ses forces sur le cheval. L'animal laisse échapper un cri de douleur quand le silex l'entaille à l'épaule. Ses yeux brillent de colère dans la pénombre.

— Bien fait pour toi ! crie Ruby en croisant les bras. Pour tout ce que les chevaux ont fait dans les Sables d'Automne !

Puis elle s'adresse à ses camarades et ordonne avec assurance :

— Prouvez votre loyauté aux Désirée et aux lupins des dunes, ramassez une pierre et imitez-moi. Faites-le souffrir pour tout ce que son espèce nous a infligé !

Ambre est choquée. *Faites-le souffrir* ? Plusieurs filles s'accroupissent dans le sable pour trouver des pierres et les lancer en direction du cheval qui se cabre. Attaché, il ne peut pas les éviter !

Le dégoût submerge Ambre. Sans réfléchir, elle s'avance et s'interpose entre les filles et le cheval.

— Arrêtez !

— Qu'est-ce que tu veux dire par « arrêtez ! » ? demande Ruby. C'est un cheval, Ambre. L'ennemi des Désirée ! Notre ennemi !

Ambre se fige. Elle dévisage l'animal et perçoit avec étonnement la chaleur avec laquelle il la regarde. *Merci,* semblent dire ses yeux bruns. Elle fixe la bête une seconde avant de se détourner rapidement.

— C'est peut-être un cheval, dit Ambre, mais il est déjà notre prisonnier. Si les Désirée ont choisi de ne pas le blesser, qui sommes-nous pour décider du contraire ?

Les filles grommellent un peu, mais finissent par acquiescer. Assez vite, elles retournent s'installer autour du feu de camp.

Alors qu'elle se dirige, elle aussi, vers les flammes, Ambre sent Myri arriver à sa hauteur, et glisser sa main dans la sienne.

— Il est magnifique, n'est-ce pas ? chuchote la jeune fille, assez bas pour que les autres ne l'entendent pas.

Ambre regarde autour d'elle pour s'assurer que personne ne les surveille et hoche la tête rapidement.

— C'est comme si… se confie-t-elle. Comme s'il me connaissait…

— Je croyais que les chevaux avaient des ailes, lui explique Myri d'un ton songeur. Mais lui, il n'en a pas.

Ambre hoche une nouvelle fois la tête.

— Je commence à me demander si… si…

Si tous les chevaux sont mauvais, a-t-elle envie de dire. De près, la bête n'a l'air ni dangereuse ni méchante. Et elle a lu de la reconnaissance dans ses yeux quand elle a empêché les autres filles de la blesser. Peut-être que…

Puis Ambre se souvient : le fameux charme équin ! Elle a croisé son regard et il en a profité pour l'ensorceler ! Elle a failli tomber dans le piège !

— Les Désirée devraient le tuer, en fait, finit-elle par dire d'une voix plus forte. Les chevaux sont méchants et dangereux, Myri. Un point, c'est tout !

Myri la regarde comme si elle venait de la gifler. Ne comprenant pas son brusque changement d'attitude, elle s'éloigne d'Ambre et l'évite le reste de la soirée.

En rejoignant sa couche, Ambre fait un crochet dans la direction de Shamal. En s'approchant, elle entend des murmures : deux Désirée discutent tout près du cheval.

— J'espère que ça vaut vraiment le coup, dit l'une d'elles, une blonde aux cheveux soyeux. Ils nous ont dit de le capturer et on a l'a fait ! Au prix de trois guerrières gravement blessées ! Difficile d'imaginer que ce Shamal vaut le sacrifice !

Ambre est choquée : visiblement, le cheval ne les a pas agressées. Ce sont les Désirée qui l'ont attaqué. Pour le capturer !

— Je me demande si Shamal est vraiment aussi puissant qu'ils le disent, chuchote l'autre Désirée, une superbe brune. Sa magie suffira-t-elle à résoudre nos problèmes ?

Les deux jeunes femmes continuent à parler, mais à voix si basse qu'Ambre ne les comprend plus. Après leur départ, elle se glisse jusqu'au cheval pour essayer de comprendre quelle magie il possède qui aurait poussé les Désirée à l'affronter. Mais leurs yeux se croisent à nouveau et, terrifiée à l'idée de tomber sous son charme, elle tourne les talons et rejoint son lit.

Au milieu de la nuit, Ambre se réveille en sursaut. Alors qu'elle admire les étoiles au-dessus de sa tête, une vision s'impose à elle : une corde enroulée.

Elle fronce les sourcils et la vision disparaît. Puis, l'image revient, aussi brusquement que la première fois. Elle s'assied et tourne instinctivement la tête vers le cheval.

Lentement, Ambre repousse ses draps et se lève. Elle préférerait se rendormir, mais cette image de corde l'obsède... Dès qu'elle est debout, elle se dirige vers Shamal.

Les pieds de la jeune fille avancent malgré elle.

La corde, insiste son esprit. *La corde.* Puis, la vision change : au lieu d'une corde enroulée, elle voit une des cordes qui maintient Shamal s'enfoncer dans sa peau, mettant sa chair à vif.

Ambre est maintenant devant le cheval – plus près qu'elle ne l'aurait jamais imaginé – et elle constate que la corde entaille vraiment son encolure.

Mais qu'est-ce que je fabrique ? se demande-t-elle alors que ses mains se posent sur cette corde qui le fait souffrir. *C'est un cheval ! C'est notre ennemi ! Va-t'en !*

Pourtant, Ambre commence malgré elle à desserrer le nœud. *Je ne suis pas en train de le libérer, je veux juste lui donner un peu d'air*. Soudain, une voix retentit dans l'air de la nuit.

— Qu'est-ce que tu fais ?

4. La Tempête Rouge

Immédiatement, le charme est rompu ! Ambre lâche la corde, mais le camp est déjà réveillé. Les lupins des dunes se mettent à aboyer, comme s'ils sentaient qu'il se passe quelque chose d'anormal. Le cœur d'Ambre se serre.

Les lupins des dunes. Je les ai trahis.

Quand Ambre retrouve ses esprits, elle réalise qu'elle est encerclée par les Désirée.

— Qu'est-ce qui se passe ? demande Yris d'un ton sec.

—Je... Je ne suis pas sûre, bredouille Ambre au bord des larmes.

La jeune apprentie croit lire de la pitié dans le regard de la Désirée ! Yris s'approche d'elle et pose la main sur son épaule.

— Ne t'inquiète pas, mon enfant, déclare-t-elle. Le cheval t'a ensorcelée.

Ambre déglutit. C'est vrai : elle n'avait pas le contrôle d'elle-même. Dans son état normal, elle n'aurait jamais aidé un cheval ! Les chevaux la terrifient ! Yris ordonne aux apprenties de les rejoindre et, très vite, tout le camp les entoure.

— Vous devez être conscientes de la puissance de la magie des chevaux, déclare Yris. Ce sont des animaux violents, mais ils possèdent un pouvoir magique : le charme équin. Accordez-leur la moindre attention et ils vous ensorcelleront. Puis, ils se retourneront contre vous et vous tueront.

Ambre frissonne : elle n'ose pas imaginer ce qui se serait passé si Myri ne l'avait pas suivie. Ce qu'elle a failli faire est terriblement dangereux… *Et pourtant…*

Elle risque un dernier coup d'œil vers le cheval. Ses yeux bruns immenses soutiennent son regard sans aucune hésitation.

Pourtant, je n'ai pas eu l'impression de mal agir, pense Ambre. Cette image de corde s'est simplement imposée à elle. *En fait, ça m'a semblé naturel de l'aider.*

Le charme équin ! Réalisant qu'elle s'est encore laissé berner, Ambre détourne la tête.

Ce n'est pas naturel, se dit-elle alors qu'elle retourne dans la zone de couchage. *Pas naturel du tout !*

Le lendemain, Ambre se demande ce qui ne va pas chez elle. Au lieu d'apprécier sa chance de traverser le désert en compagnie des Désirée, elle vit ce voyage comme une épreuve.

Je dois être épuisée, se dit-elle. *Je n'ai pas beaucoup dormi la nuit dernière.* Mais elle sait très bien que cela n'a rien à voir avec la fatigue. Plus le jour avance, plus il fait chaud et plus elle se sent… dans son tort.

Qu'est-ce que cela signifie ? Les Désirée l'ont choisie. Elles lui ont même pardonné l'incident avec Shamal de la veille au soir.

Elles n'ont rien compris.

Ambre frissonne. Comment ose-t-elle penser ça ?

Et le cheval ! Elle a beau éviter de le regarder, il devient de plus en plus difficile de l'ignorer.

Alors, elle finit par se tourner. Elle croise aussitôt le regard brun de Shamal qui accroche le sien. Ambre retient son souffle, vaincue. Elle a l'impression qu'il lit en elle comme dans un livre ouvert et que ce qu'il découvre le déçoit.

Mais pourquoi s'inquiète-t-elle de l'opinion d'un cheval ?

Elle doit se concentrer sur la marche, même si chaque pas est plus dur. Jamais il n'a fait aussi chaud ; le soleil tape fort sur la caravane ; l'air est étrangement immobile.

Soudain un bruit aigu déchire le silence. Ça part de loin mais ça se rapproche à une vitesse phénoménale.

Ambre lève la tête et découvre qu'un mur de sable rouge se déplace vers leur convoi !

— Une tempête de sable ! Tout le monde à couvert ! ordonne Yris.

Les filles courent dans tous les sens, mais il n'y a nulle part où s'abriter : pas un arbre ou un buisson. Rien que du sable ! Ambre baisse la tête, rentre le menton, et se protège le visage avec sa tunique. La tornade de sable s'abat sur elle. Les grains de sable l'attaquent : elle a l'impression d'être piquée par des milliards de guêpes minuscules.

Autour d'elle, tout le monde hurle. Même les Désirée, ces guerrières expérimentées, sont sans défense !

Les tempêtes de sable sont des intempéries banales dans les Sables d'Automne, mais celle-ci n'a rien d'ordinaire !

— Ce cheval est maudit ! hurle Yris au milieu des cris de terreur. Il a levé la Tempête Rouge !

Le vent se renforce et, soudain, Ambre ne distingue plus rien. Tout le monde autour d'elle a disparu ; le sable pénètre partout : dans ses vêtements, dans sa bouche, dans ses narines. Elle s'oblige à avancer sans voir où elle va ni contre quoi elle trébuche. Il faut qu'elle s'abrite.

Brusquement, le sol s'ouvre sous ses pieds. Elle tombe et fait alors une chute vertigineuse…

La Tempête Rouge va me tuer, pense-t-elle avant de perdre conscience.

5. Les scara-phées

Ambre fronce le nez : quelque chose la chatouille. Un rire haut perché éclate. Puis, un autre et encore un autre…

Ambre balaie le sable qui lui coule sur la figure. *J'ai cru que j'allais mourir !* Mais ses bleus et ses contusions prouvent qu'elle est bien vivante. Elle ouvre les yeux et découvre des dizaines de petites boules de lumières multicolores qui dansent dans l'obscurité.

Du sable continue à pleuvoir sur sa tête.

— Sable ! crie une petite voix.

De nouveaux rires cristallins se font entendre.

— Sable ! Sable ! Sable !

— Ça suffit maintenant ! s'énerve Ambre, réduisant les petits rires au silence.

— Pas de sable !

— Oui, pas de sable !

— Plus de sable !

Et le sable cesse de couler. Ambre cligne des yeux ; elle n'est plus à l'extérieur. Elle doit être dans une sorte de caverne. Comment s'est-elle retrouvée ici ?

Des dizaines de scara-phées volent autour d'elle. Elle en a déjà entendu

parler mais c'est la première fois qu'elle en voit !

Ces créatures minuscules sont dotées d'ailes transparentes et irisées et d'une carapace brillante comme de la laque. Aussi larges que hautes, elles ont des visages presque carrés avec d'adorables grands yeux et une petite bouche. Et surtout, elles sont comme illuminées de l'intérieur !

Les scara-phées ont une sacrée réputation : elles sont tellement espiègles qu'elles peuvent rendre folles de rage les victimes de leurs plaisanteries.

— Elle se réveille ! s'exclame l'une d'entre elles tout excitée.

Immédiatement, l'information est reprise en chœur.

— Elle se réveille ! Elle se réveille ! Elle se réveille !

Mais un autre bruit, au-delà des rengaines des scaraphées, attire l'attention d'Ambre.

Elle scrute la pénombre et finit par distinguer… Shamal, libre de toute attache !

— Cheval ! annonce l'une des scaraphées à Ambre avec fierté, comme si elle lui présentait un cadeau.

— Cheval ! répète une autre.

— Prince ! renchérit une troisième.

Mais Ambre ne les écoute pas : elle fixe l'immense bête. *C'est mon ennemi,* se rappelle-t-elle.

Shamal s'avance avec précaution. Elle recule, terrifiée. Sentant sa peur, il s'arrête. Pas question qu'elle le regarde dans les yeux : elle se souvient de ce qui s'est passé la dernière fois !

— Il faut que je trouve un moyen de sortir d'ici, murmure-t-elle.

— Sortir ? crie une scara-phée. Pas sortir ! Toi, amie !

— Amie ! acquiesce une autre. Reste ! Joue avec nous !

Ambre secoue la tête.

— Je dois partir, insiste-t-elle.

Elle examine l'endroit où ils se trouvent. C'est une grande caverne fraîche creusée dans la roche du désert. *Comment avons-nous atterri ici ? Ça n'a pas d'importance. Ce qui est important, c'est de trouver comment en partir.*

Elle longe tous les murs et découvre une faille qui donne sur un tunnel étroit. Elle s'y engouffre et, après plusieurs détours, finit par apercevoir une lumière rougeâtre. Elle a trouvé la sortie ! Elle se précipite et se fait aussitôt gifler par une vague de sable rouge.

Derrière elle, s'élève une discussion animée. Un petit groupe de scaraphées l'a suivie.

— Tempête !

— Tempête ! Tempête ! approuvent les autres.

Elles ont raison : la Tempête Rouge fait toujours rage.

À contrecœur, Ambre retourne dans la caverne où elle s'est réveillée et s'installe le plus loin possible du cheval.

Je suis piégée, se lamente-t-elle, malheureuse, *avec un cheval et des petites pestes.*

— Joue ! insiste l'une des scaraphées en attrapant une de ses mèches de cheveux et en lui chatouillant le nez avec.

— Joue ! demande encore une autre en tirant sur un pan de sa tunique.

Ambre soupire : *cette tempête a intérêt à s'arrêter rapidement !*

Elle tente de dormir, mais c'est impossible avec les scara-phées ! Tout chez elle semble les fasciner : ses cheveux, ses vêtements, ses ongles et même ses chaussures !

— Joue ! ne cessent-elles de répéter.

Un autre groupe tourne autour de Shamal et joue avec sa queue et sa crinière.

Mais Ambre n'a pas envie de s'amuser : elle veut trouver un moyen de rejoindre les Désirée. Régulièrement, elle remonte à la surface, mais à chaque fois, le vent hurle toujours plus fort.

Alors qu'elle se tient encore à l'entrée du tunnel et qu'elle contemple la tempête qui se déchaîne, son estomac se met à gronder, lui rappelant brusquement qu'elle meurt de faim. Une petite phée rouge qui l'a suivie dans tous ses allers et retours montre son approbation quand, une fois encore, elle revient sur ses pas.

En entrant dans la caverne, elle n'en croit pas ses yeux.

Comment est-ce possible ?

Une petite oasis se dresse devant elle ! Des palmiers entourent une mare d'eau claire et différentes plantes tropicales chargées de fruits mûrs sont soudain là où il n'y avait auparavant que des rochers ! Shamal boit à grandes lampées… Toute cette eau fraîche ! Elle prend soudain conscience de sa gorge desséchée.

Ambre cligne des yeux, mais l'oasis n'est pas un mirage !

La phée rouge est restée près d'elle. Elle volette autour de sa tête. Ambre se rend brusquement compte qu'elle s'amuse à lui tresser une coiffure extravagante.

— Jolie ! Jolie ! pépie la petite phée.

Ambre tâte du bout des doigts l'œuvre de la phée sur son crâne et ne peut s'empêcher de sourire.

Son estomac gronde à nouveau. Le cheval lève la tête et leurs regards se croisent avant qu'Ambre ait le temps de détourner les yeux. Immédiatement, la vision d'une grosse prune juteuse et sucrée s'impose à elle. Elle salive et se rue vers l'oasis, enivrée par l'odeur des fleurs et des fruits. Elle se met à manger et à boire avec avidité.

Lorsqu'enfin elle ne peut plus rien avaler, Ambre s'allonge sur un rocher plat. *Je devrais aller vérifier où en est la tempête*. Et après un soupir bienheureux, ses yeux se ferment.

6. Ami ou ennemi ?

Quand elle ouvre les yeux, Ambre ignore combien d'heures se sont écoulées. *Je suis là depuis bien trop longtemps. Il faut que je retrouve les Désirée et les autres filles.*

Paniquée, elle file dans le tunnel qui mène à la sortie.

Le désert est enfin redevenu calme, remarque-t-elle. *Il n'y a presque plus de vent et le sable est retombé sur le sol.*

Ambre retourne dans la caverne pour se préparer. Sa longue veste, faite de la meilleure des peaux de chèvre, n'est pas vraiment nécessaire pour voyager dans le désert. Elle l'ôte, la plie pour la transformer en sac étanche et la remplit d'eau avant de la refermer par une série de nœuds serrés. Ensuite, elle déchire soigneusement un bout de sa tunique et le charge de prunes et de poires avant d'en faire une sorte de sac à dos.

Sa réserve de fruits sur les épaules et sa gourde improvisée sous le bras, Ambre se force à ignorer la phée rouge qui vole autour d'elle avec énergie.

— Prête ! Amie ! Prête !

Ambre évite de regarder Shamal de peur de tomber sous son charme. Elle

s'élance dans le tunnel. Mais un bruit de sabots derrière elle lui apprend qu'il a décidé de la suivre. Pas question qu'elle se retourne. ! La phée rouge vole toujours autour d'elle en chantonnant d'une voix flûtée :

— Cheval ! Cheval !

À la porte du désert, la phée rouge la retient par la manche.

— Pourquoi ? Pourquoi ? s'affole-t-elle en battant des ailes.

Ambre est surprise : elle a l'air vraiment inquiète.

— Je m'en vais, explique-t-elle. Je dois retrouver mon groupe : je l'ai perdu dans la tempête.

La phée secoue la tête.

— Cheval ! Cheval ! insiste-t-elle.

Elle se tourne vers l'animal et croise ses yeux.

Immédiatement, Ambre est submergée par une vision d'elle-même et du cheval dans les dunes. Ils marchent côte à côte dans le désert, mangent ensemble dans une oasis et campent sous les étoiles. Le plus choquant, c'est la dernière image de la vision : Shamal galope avec Ambre sur son dos à travers les Sables d'Automne !

— Non ! s'exclame-t-elle, dégoûtée par l'idée d'une telle trahison à l'égard des siens.

Troublée, Ambre détourne les yeux et se rue dans le désert. La phée rouge tire à nouveau sur sa manche et, cette fois-ci, crie d'une voix aiguë et angoissée :

— Cheval ! Cheval !

Ambre s'arrête en soupirant. Elle sait qu'il est dangereux de voyager seule dans le désert.

— D'accord, dit-elle au cheval. Tu peux venir avec moi, mais pas question que nous devenions amis !

Shamal hennit. Un hennissement de victoire ! Et la phée, tout heureuse, se met à babiller à toute vitesse, d'une voix si aiguë qu'Ambre ne comprend rien à ce qu'elle raconte.

— Qu'est-ce que tu me veux ? demande Ambre quelques heures plus tard à Shamal.

Ils se reposent à l'ombre d'un arbre. Ne sachant pas quelle direction ont prise les Désirée, Ambre en a choisi une au hasard. Pendant qu'ils marchaient sous un soleil de plomb, la phée leur a raconté des histoires idiotes de princesses maladroites, de rois prétentieux et de gentils vagabonds. Et même si Ambre a ri plus d'une fois, la présence du cheval, son ennemi naturel, la met mal à l'aise.

Et maintenant, elle le regarde délibérément dans les yeux. En réponse à sa question, il lui envoie une vision de lui-même se débattant avec ses liens et elle, desserrant les nœuds trop serrés de ses cordes.

— Ami ! pépie la phée, la sortant de sa vision. Ami rend service !

Interloquée, Ambre dévisage la phée.

— Il n'est pas mon ami ! proteste-t-elle. Je ne peux pas devenir amie avec un cheval !

Shamal baisse la tête et la petite phée, pour la première fois depuis qu'Ambre l'a rencontrée, fronce les sourcils.

— Ami ! insiste-t-elle. Cheval est ton ami !

Ambre sent soudain les larmes lui monter aux yeux.

— Caverne ! crie la phée en lui tapant sur la main. Cheval t'a amenée à la caverne.

Comment ? Ambre est choquée. Mais…

Elle jette un nouveau coup d'œil à Shamal et se voit, inconsciente sur son dos. Il entre en titubant dans la caverne et s'écroule immédiatement. Les scara-phées se précipitent : certaines prennent soin d'Ambre tandis que les autres enlèvent des cordes qu'il a encore autour du cou.

Il m'a sauvée. Ce cheval m'a sauvé la vie.

— Je…

Ambre se relève.

— Je…

Le cheval et la phée ne la quittent pas des yeux. Elle se racle la gorge.

— On doit y aller, finit-elle par dire.

7. Les lupins des dunes

Ambre, Shamal et la phée rouge avancent lentement dans le désert. En se repérant grâce au soleil, Ambre mène le petit groupe vers ce qu'elle espère être le Nord où se trouve Cavernest.

Le jour commence à faiblir : il est temps de trouver un endroit où passer la nuit.

— Où va ? s'inquiète la petite phée rouge quand le soleil se couche.

Shamal s'ébroue pour attirer l'attention d'Ambre. Elle le regarde et découvre qu'il est en train de s'étendre sur le sable comme s'il avait l'intention de dormir là ! Dans la vision qu'il lui envoie, il lui montre la phée, elle et lui en train de camper là où ils sont.

— Non. Pas tout de suite ! proteste Ambre. On doit encore avancer !

Ce n'est pas l'avis de Shamal. Ambre boit une gorgée d'eau et en profite pour réfléchir. Alors qu'elle referme sa gourde improvisée, elle entend la phée rouge s'exciter :

— Cheval ! Cheval !

Shamal a bougé et il se tient maintenant sous trois palmiers, au bord d'une mare d'eau claire entourée d'herbe verte.

— Oh ! s'exclame Ambre. Je ne sais pas comment tu as fait ça, mais bravo !

Le cheval plonge ses yeux dans les siens et Ambre se revoit desserrer les nœuds de ses liens. *Je l'ai aidé et maintenant, c'est lui qui m'aide,* comprend la jeune fille.

Il devient de plus en plus difficile à détester !

— Tu es pénible parfois, mais je suppose que tu n'es pas si méchant, reconnaît-elle.

Après le repas, Ambre repense aux nuits où elle allait dormir dans le désert avec sa mère. La reverra-t-elle un jour ? Pour se réconforter, elle entonne une vieille chanson de feu de camp que sa mère lui a apprise :

La terre magique des Sables d'Automne
Sera toujours libre !

Les lupins des dunes et les Désirée
Les protègent pour moi !
Les chevaux démoniaques ne détruiront jamais
Ce que nous chérissons
Nous les ferons payer, nous les jetterons dehors
Nous leur apprendrons la peur !

Shamal pousse un hennissement furibond. Surprise, Ambre sursaute et se retourne : il la regarde si furieusement que c'en est presque drôle.

Il secoue la tête en soufflant violemment par les narines. Ambre ne peut s'empêcher d'éclater de rire.

— C'est une vieille chanson, Shamal, explique-t-elle. Et de toute façon, c'est la vérité. Les chevaux sont violents. Toute ma vie, j'ai entendu des histoires horribles sur leurs méfaits.

Nouveau hennissement rageur, suivi d'un drôle de bruit provoqué par la phée rouge, un peu comme un soupir.

— Et Ilnut alors ? Mon amie m'a raconté qu'un cheval avait réduit cette ville en cendres.

L'esprit d'Ambre est soudain rempli de la vision d'un homme en train d'écrire à son bureau et qui fait accidentellement tomber sa lanterne sur une pile de papiers qui prend immédiatement feu.

Ambre en a le souffle coupé.

— C'est un homme qui a provoqué l'incendie ?

— Mensonges ! répond la phée d'un ton grave, à la place de Shamal qui s'éloigne.

L'histoire de Ruby n'est qu'un énorme mensonge ? se demande Ambre, incrédule. Mais alors, lui a-t-on raconté des mensonges toute sa vie ?

C'est trop pour elle. Elle se lève et boit un peu d'eau.

— Je crois que l'on devrait dormir.

Le lendemain matin, le trio se remet en route. Assez vite, ils croisent les empreintes de trois lupins des dunes. Les yeux sombres de Shamal scrutent le sol : visiblement, il les a repérés lui aussi.

— Loup ! Loup ! se lamente la phée rouge, inquiète.

— Je sais, dit Ambre en essayant de garder son calme. Les lupins des dunes doivent se trouver dans le coin. Donc, Cavernest ne doit pas être loin. On est bientôt arrivé.

Ambre se rend vite compte que l'attitude de Shamal a changé : il ne quitte pas l'horizon des yeux. Il paraît tendu. Effrayé même.

Soudain, Shamal gémit. Elle suit son regard et son cœur s'arrête : devant eux, trois lupins des dunes !

Ils marchent, tranquillement, comme si le désert leur appartenait. Il lui suffit d'un cri pour attirer leur attention et Ambre ne reverra plus jamais ce cheval. Elle rejoindra les Désirée et commencera enfin son Année de Grâce.

La terreur de Shamal est palpable.

Les lupins des dunes sont devant eux. Pas derrière. Ce qui signifie qu'ils ne peuvent pas remarquer leur présence. Sauf si Ambre les appelle…

Mais la jeune fille pose la main sur le flanc de Shamal puis, portant un doigt à ses lèvres, indique à la scaraphée de se taire.

Ils restent là tous les trois, immobiles, le temps pour les lupins de disparaître derrière une dune.

— Allons-y, lance enfin Ambre en regardant Shamal. Il faut qu'on trouve un endroit où se cacher en attendant qu'ils quittent la région.

Reconnaissant, Shamal agite sa crinière et lui envoie des images de nourriture, d'eau et d'un abri.

— Es-tu en train de me suggérer un endroit ?

Shamal acquiesce en hennissant doucement.

— Alors, montre-nous le chemin…

La petite caravane se remet en branle dans le désert. Mais cette fois-ci, en se dirigeant vers l'Est…

8. La cité d'Upir

Après une longue journée de marche, Ambre est épuisée. Le soleil disparaît à l'horizon et l'air du désert se rafraîchit.

— Trouvons un endroit pour dormir. Le soleil se couche et je tombe de fatigue.

Shamal rejette la tête en arrière en hennissant. Elle reçoit une image d'eux trois marchant dans le désert plongé dans l'obscurité.

— Avancer ! insiste la phée en les regardant l'un et l'autre. Cheval veut !

Ambre soupire.

— Shamal, je suis certaine que nous sommes en sécurité...

Mais Shamal secoue la tête et continue sa route. Ambre se résigne à le suivre.

Très bien, pense-t-elle. *Encore une heure.*

Dans le ciel bleu nuit, les lumières de l'Auroborus, ces éclairs multicolores qui zèbrent parfois le ciel du Nord de Septentrion, brillent comme des pierres précieuses. Après plusieurs heures, Shamal pousse un hennissement sonore. Ambre se tourne vers lui et n'en revient pas. Devant eux, une ouverture dans la roche semble mener à une grotte souterraine.

La phée rouge virevolte en gazouillant :

— Dormir ! Dormir !

Ambre examine l'étroit tunnel.

— On y va, décide-t-elle.

Après avoir allumé une torche, elle entre en premier. Après quelques minutes, elle distingue vaguement des dessins sur les parois. Elle approche sa torche et découvre, gravées dans la pierre, des silhouettes humaines accomplissant des tâches de la vie quotidienne. Sur plusieurs tableaux, une créature à quatre pattes beaucoup plus grande les accompagne.

— Mais… C'est un cheval, non ?

Ambre reste interdite : alors qu'on lui a toujours dit que les chevaux terrorisaient les Sables d'Automne depuis la nuit des temps, elle a devant elle la preuve que les humains et les chevaux ont travaillé côte à côte.

Shamal hennit doucement.

Toujours avec sa torche, elle pénètre dans une gigantesque caverne. Et s'émerveille de ce qu'elle y découvre.

Un des murs se révèle être une mini-cité en ruine dont chaque pierre s'orne de dessins géométriques. C'est absolument magnifique !

La phée rouge plonge en piqué près de la torche et, d'un battement d'ailes, éteint la flamme. Ambre est furieuse, mais la phée gazouille :

— Lumière ! Lumière ! Amis…

Et, soudain, des centaines de minuscules lumières de couleur illuminent la cité.

— Des phées ! s'exclame Ambre ébahie devant leur nombre.

Shamal, qui l'a précédée dans sa visite, se tourne vers elle. Il l'a emmenée ici exprès, Ambre en est persuadée.

— Tu connais cet endroit ?

En réponse, le cheval s'ébroue et avance. Ambre le suit.

Shamal emprunte une rampe assez

raide qui débouche sur ce qui semble être la grand'place de la ville. Des habitations creusées dans la roche entourent une large pierre plate surélevée comme une scène. Un arbre immense audessus duquel est écrit LA CITÉ D'UPIR est dessiné sur le mur derrière la scène.

Et cet arbre, se rend compte Ambre, *est un arbre généalogique ! Un arbre généalogique de… cheval.*

Sur chaque branche, il y a le portrait d'un cheval.

— Oh… chuchote-t-elle en prenant conscience du nombre de portraits. Il y a dû avoir des milliers de chevaux dans les Sables d'Automne à une époque !

Un portrait en particulier retient l'attention d'Ambre, au milieu de l'arbre : celui de Shamal. Une robe alezane brûlée avec une minuscule tache blanche sur le front et des balzanes blanches. Et dessous,

une inscription : Prince Shamal Ier.
Shamal vient d'une lignée princière !

Elle continue à étudier le mur qui raconte l'histoire de la cité oubliée. Les fresques dépeignent un endroit prospère et paisible où chevaux et humains vivaient en harmonie.

Un grondement sourd brise soudain le silence. Les lupins des dunes ! Shamal s'évapore. Ambre aussi doit se cacher. Elle se rue vers le corridor. Mais cinq loups lui bloquent déjà le passage.

Leurs yeux brûlent de haine dans la pénombre. Comme tous les habitants des Sables d'Automne, Ambre comprend le langage guttural des lupins des dunes.

— Où est ce maudit cheval ? lui demandent-ils.

9. Choisir son camp

Ambre frémit. Va-t-elle aller à l'encontre de son éducation, de tout ce en quoi elle a toujours cru et mentir aux lupins des dunes ?

Ils entourent Ambre d'un air menaçant.

— Le cheval ! rugit l'un d'entre eux. Où est-il ? On sait qu'il est là. Son odeur empeste les ruines d'Upir.

Ambre inspire. Elle peut le faire. Elle doit le faire.

— Il n'est pas là.

— Pas là ? répète le chef de meute, un lupin à la robe gris fumée et aux yeux mauvais.

— Non. Je… Je ne sais pas où il est. J'ai voyagé avec lui, mais je ne l'ai pas vu depuis… au moins une journée.

Le lupin s'avance vers elle, lui tourne autour terriblement lentement, puis finit par s'arrêter face à elle en reniflant exagérément l'air.

— Alors explique-moi, dit-il d'une voix basse mais ferme, pourquoi je sens son odeur ?

Le menton d'Ambre tremble. Pas question de trahir Shamal !

— Il… Je… Mes vêtements en sont imprégnés. Comme je vous l'ai dit, j'ai voyagé avec lui.

Le lupin recule et l'examine avec attention.

— Je vais aller voir dans la cité. Malheur à toi, jeune fille, si tu m'as menti !

Ambre est pétrifiée. Toutes les scaraphées se sont éteintes. C'est leur façon d'aider Shamal : en faisant régner l'obscurité.

Malheureusement, très vite, Ambre entend un hennissement au milieu des grognements des lupins.

— Cette fille est une menteuse ! rugit le chef de meute.

La terreur submerge Ambre. Elle vient de trahir les siens. Et pour cela, elle va être punie. Sévèrement. Mais elle est surtout inquiète pour Shamal !

Ambre se précipite vers le cheval.

Sur la scène, Shamal, aussi princier que son ancêtre, garde la tête haute. Il toise les lupins qui l'encerclent, les babines retroussées.

Soudain, les Désirée surgissent.

D'un œil froid, Yris examine tour à tour Ambre, les loups et le cheval.

— Vous l'avez trouvé. C'est bien ! Et… La fille ?

Le chef de meute lui répond en grognant.

— Elle nous a trahis ! aboie-t-il. Elle voyageait avec lui et elle nous a menti.

Yris se tourne vers Ambre.

— C'est vrai ?

— Oui, finit par dire Ambre.

Yris plisse les yeux.

— Tu as été corrompue par la race chevaline, tu ne seras jamais l'une des nôtres. Pousse-toi. Sinon, nous te traiterons comme une ennemie.

Ambre ne peut pas lui obéir : s'ils blessent Shamal, elle ne se le pardonnera jamais.

— Qu'est-ce que vous allez lui faire ? demande-t-elle à Yris pour gagner du temps.

La Désirée soupire.

— S'il nous laisse l'attraper, explique-t-elle, on va l'emmener à Cavernest. Là-bas, les saisons des pluies ne sont plus ce qu'elles étaient. Alors, pour sauver notre cité…

Une grimace durcit son visage.

— Nous devons utiliser la magie de ce… cheval.

La magie ?

— Quelle magie ?

— Il ne t'a pas montré ? Tu as voyagé avec lui dans le désert et il ne t'a pas montré comment il crée la vie dans les endroits les plus arides ? Il

peut faire apparaître de l'eau...

Ambre comprend tout à coup : l'oasis dans la caverne ! Les palmiers de leur campement de la veille ! C'est son œuvre !

— Il est dangereux, mais il peut nous être utile.

Et Yris sourit avec cruauté.

— Si on le réduit en esclavage, lui explique-t-elle en jubilant, on pourra utiliser sa magie. Il suffit de le ligoter.

Ambre déglutit. *Le ligoter ?*

— Pour toujours ?

Yris la regarde méchamment.

— C'est un cheval ! Il ne mérite pas d'être libre. Si nous le relâchons, il nous détruira comme tous les chevaux le font depuis des générations !

Ambre secoue la tête.

— Mais si les printemps reviennent ?

Yris la regarde méchamment.

— Les printemps ne reviendront pas, dit-elle simplement. La terre est en train de changer, mon enfant. Nous vivons dans le désert. À partir de maintenant, on va avoir besoin d'aide pour survivre.

Le cœur d'Ambre cogne dans sa poitrine. *Cavernest se meurt peut-être, mais cela ne leur donne pas le droit de maltraiter Shamal.*

— S'il refuse de venir avec nous, les lupins le tueront, rétorque Yris.

— Non ! se révolte Ambre.

Au même moment, Shamal défie chaque loup du regard en soufflant violemment par les naseaux. Ambre sait ce que cela signifie : il ne se rendra pas.

Yris a un sourire suffisant.

— Ce cheval veut se battre.

— Je ne vous laisserai pas lui faire de mal ! s'interpose Ambre.

— Pousse-toi ! lui ordonne Yris en la tirant par le bras. On s'occupera de toi plus tard. Pour l'instant, on va se débarrasser de lui !

Les lupins s'apprêtent à attaquer Shamal.

Soudain, Ambre a une idée.

Elle jette un coup d'œil vers la cité en ruine : elles sont là, elle le sait.

— Sable ! hurle-t-elle. Sable ! Sable !

10. Un nouveau monde

Dès que ces mots sortent de la bouche d'Ambre, des milliers de minuscules lumières multicolores illuminent la caverne. Les scara-phées viennent au secours de Shamal.

— Sable ! Sable ! Sable ! reprennent-elles toutes en chœur.

En quelques secondes, un vent violent remplit la caverne. Les scara-phées ont réussi à créer une tempête de sable ! Ambre relève un pan de sa tunique pour se protéger le visage.

— Les scara-phées ! s'exclame Yris. Ces pestes sont leurs alliées !

Ambre rejoint Shamal.

— Profitons-en pour nous échapper ! Maintenant ! lui murmure-t-elle en s'agrippant à son flanc.

Un craquement sinistre résonne soudain dans la caverne. Il vient du plafond en pierre qui s'effrite comme un château de sable trop sec.

— Il se passe quelque chose de magique… Filons !

Trop tard ! Un éclair de magie zèbre l'air et étourdit les scara-phées. Immédiatement, leur chant cesse et la tempête de sable aussi.

Les Désirée et les lupins des dunes ont conjugué leurs pouvoirs pour assommer les scara-phées et ils bloquent la rampe qui mène à la sortie.

— La prochaine fois, prévient Yris avec un sourire cruel, je frapperai pour tuer !

Ambre sent son cœur se serrer : toute sa vie, elle a été du mauvais côté !

Shamal se prépare à se battre. La jeune fille sent qu'on tire sur sa manche.

— Ambre ! pépie une petite voix. Ambre ! Fuir ! Nous fuir avec Shamal !

La petite phée rouge la regarde avec des yeux implorants.

— Les scara-phées vont les arrêter, promet-elle. Les arrêter ! Les arrêter !

— Merci, dit-elle à la petite phée.

— Amie, dit-elle simplement. Maintenant, y aller !

Ambre observe le groupe puissant qui leur barre le chemin : douze femmes et douze loups. Shamal met un genou à terre.

— Tu veux que je te monte ? réalise Ambre, affolée.

Shamal acquiesce.

— D'accord, murmure-t-elle.

Elle lance une jambe par-dessus son dos. Il souffle gentiment par les naseaux pour l'encourager, puis se relève lentement. Ambre s'oblige à refouler sa peur. Elle empoigne la crinière de Shamal, la minuscule phée rouge s'y accroche elle aussi. Ils sont prêts !

— Allons-y !

Shamal se rue en avant.

— Cours ! Cours ! Cours ! hurle la petite phée rouge d'une voix aiguë.

Shamal charge la meute et les Désirée sans hésiter une seconde.

Les lupins des dunes se jettent, dents en avant, sur les flancs de Shamal.

D'instinct, Ambre remonte les pieds et se couche sur le dos de sa monture.

— Si tu t'en vas, Ambre, crie Yris, tu le regretteras ! Il n'y aura pas de retour possible. Tu passeras de l'autre côté une bonne fois pour toutes !

— Je suis déjà passée de l'autre côté !

Ils quittent l'obscurité du tunnel pour le soleil du désert. Shamal galope à toute allure. Soudain, un bruit de tonnerre résonne dans le désert. Ambre se retourne et voit, après plusieurs craquements, la caverne s'écrouler, révélant au grand jour les ruines d'Upir.

Les Désirée et les lupins des dunes ont disparu… prisonniers du sable à jamais.

Shamal s'ébroue joyeusement et la petite phée rouge chante :

— Libre ! Libre ! Libre !

Désormais, un nouveau monde s'ouvre à moi, pense Ambre. *J'ai quitté ma maison, ma culture, mes croyances, je ne sais même pas où nous allons et je ne reverrai peut-être jamais ma mère.*

Cette pensée l'effraie. L'esprit d'Ambre est tourmenté ! Mais cette aventure est aussi si exaltante !

Tout est possible !

L'espoir l'envahit à nouveau : si elle a été capable de reconnaître ses erreurs, elle pourra probablement convaincre les siens qu'ils ont été trompés. Shamal et elle ont un travail important à accomplir : dissiper les malentendus et chasser la méfiance.

Elle sourit et remplit ses poumons d'air frais.

Maintenant, nous sommes libres...

Fin

1 pochette de cartes offerte dans chaque magazine !
Bella Sara
Le Magazine Officiel
Cadeaux exceptionnels
Cartes postales
Inédit ! Un booster de cartes Chevaux du Nord du Septentrion
Grand concours Salon du Cheval !
Tous les secrets des troupeaux :
Bella Sara, Shahazar, Islandar, etc...
Jeux, tests, concours... à toi de jouer !
Chevaux du Nord du Septentrion
Une extension inédite pleine de surprises !
Surprise !
Retrouve ton magazine officiel
Bella Sara chez ton marchand de journaux !
Mon adorable petit Poney !
Les Montagnes Midwinter
Nike : tous ses secrets !
De super articles sur les chevaux, des pages courrier et jeux, tout sur le monde de Bella Sara, et toujours plein de chouettes cadeaux !

TABLE

PAPIER À BASE DE FIBRES CERTIFIÉES

hachette s'engage pour l'environnement en réduisant l'empreinte carbone de ses livres. Celle de cet exemplaire est de : 400 g éq. CO_2
Rendez-vous sur www.hachette-durable.fr

Photogravure **Nord Compo** - Villeneuve d'Ascq

Imprimé en Roumanie par G. Canale & C. S.A.
Dépôt légal : février 2013
Achevé d'imprimer : février 2013
20.3362.9/01 – ISBN 978-2-01-203362-7
Loi n° 49956 du 16 juillet 1949
sur les publications destinées à la jeunesse